KB272158

팔월의 도서관

신명옥

전라북도 군산에서 태어나 강릉에서 자랐다.

강릉교육대학교와 상명여자대학교 국어교육과를 졸업했다.

2006년 『현대시』를 통해 시인으로 등단했다.

시집 『해저 스크린』 『팔월의 도서관』을 썼다.

파란시선 0177 팔월의 도서관

1판 1쇄 펴낸날 2026년 4월 25일
지은이 신명옥
인쇄인 (주)두경 정지오
디자인 이다경
펴낸이 채상우
펴낸곳 (주)함께하는출판그룹파란
등록번호 제2015-000068호
등록일자 2015년 9월 15일
주소 (10387) 경기도 고양시 일산서구 중앙로 1455 대우시티프라자 B1 202-1호
전화 031-919-4288
팩스 031-919-4287
모바일팩스 0504-441-3439
이메일 bookparan2015@hanmail.net

ⓒ신명옥, 2026, printed in Seoul, Korea

ISBN 979-11-94799-30-6 03810

값 12,000원

팔월의 도서관

신명옥 시집

시인의 말

어둠을 건너온 별이 또렷해질 즈음
늦게야 찾아낸 고원의 이름

그곳으로 가기 위해 더듬이를 접는다
바랑에 어느 것을 넣을지 망설이는 동안
빈 가지에 눈이 쌓인다

차례

제1부

판타지아

미루나무 꼭지에서 쏟아지는 이 빛의 시간을 어떻게 할
것인가

보고 듣고 만나며 넓은 세상 맘껏 다녀 봐야지, 꿈꾸듯 신
나게 살아 봐야지, 운명은 나와 무관하게 모눈종이 위에 좌
표를 그려 놓았다

빈칸을 채우기 위해 우왕좌왕하던 시절 가파른 비탈 오르
내리는 동안 겨드랑이 속에 접힌 날개가 팔딱거렸다, 일생
이 한바탕 꿈꾸는 일이라면 이것은 누구의 꿈속일까

아이들이 커서 제 길을 찾아간 후 삶은 여백을 슬그머니
내준다, 꿈다운 꿈을 알기 위해 긴 세월과 가혹한 체험이 필
요했을까

돌이끼처럼 덮고 있는 습을 긁어내고 찾아온 마음의 무중
력 지대
나뭇잎 틈으로 쏟아지는 빛을 받으며 가장 나이고 싶은
모습을 찾아 걸어가는 중

트램펄린

一　　바람이 햇살로 하프 줄을 튕긴다
　　　물개구름 위로 뛰어오른 풍선은 누구의 맨발일까

　　　새 악보를 펼치는 싱그러운 아침에게
　　　오늘의 노래는 몇 박자입니까
　　　오늘의 머플러는 무슨 색깔입니까

　　　길 위의 돌멩이가 중얼거린다
　　　하늘에 떠 있는 쿠션은 붙박이가 아니랍니다
　　　날마다 돋는 깃털을 시간의 발자국이라 부르지요

　　　정오가 분주하게 움직인다
　　　해바라기 고개가 기울어지면 건너편으로 자리를 바꾸는
그늘

　　　담쟁이덩굴이 담장을 넘어가고 일과를 마친 그림자가 건물
뒤로 돌아간 뒤
　　　저녁이 허공에서 빨갛게 익은 사과를 딴다

二　　붉은 공작새가 긴 꼬리를 끌고 능선 너머로 날아가면

텅 빈 포구로 반짝이는 은어 떼가 몰려올 것이다

해거름이 부르는 소리가 들린다
밀물이 들기 전 구름 아래 벗어 놓은 신발을 찾아야 한다

색채론

나무의 감정이 서로 다른 빛깔이다

단풍나무 아래 쏟아진 베르테르 붉은 슬픔
은행나무 아래 쌓인 고흐의 노란 비탄
대왕참나무가 벗어 놓은 황제의 갈색 곤룡포

돌풍에 쓸려 바닥을 구르며
색계(色界)에서 무색계(無色界)로
존재에서 무로 이동하는 중

한 계절 저 그늘에서 땀 식혔으므로 휘몰아치는 바람의 운
구에 가슴 졸이다

색(色)을 지우고 허공으로 돌아간 나무
눈꺼풀 내리고 안으로 귀를 접고 까마득한 백지를 건너는
시간

돌고 도는 생몰의 궤도에서 남은 이들은 또 내일을 향해
움직이고
발랄한 햇살 쏟아지면 오늘은 오늘의 감정으로 색깔 피워

내는 일이 이 수다스런 언덕의 풍경

스노보드

ㅡ   너는 겨울의 다락을 열고 가볍고 눈부신 의상으로 갈아입
는다
투명한 드레스에 무수히 달린 레이스

변신을 좋아하는 너
물의 꿈, 물의 꽃, 물의 날개가 되어 공기를 타고 오는
어느 날은 엷은 안개가 되어 3번 출구 앞에서 기다리는
어느 날은 구름에 엎드려 바라보고 이슬비로 내려오고 폭
포로 쏟아지는

하늘에 떠 있는 배, 호수에 눈 뜨고 잠자는 거울
솟구치는 물너울, 늘어뜨린 수정 주렴, 절벽에서 뛰어내리
는 용
물과 무 사이에 놓인 ㄹ의 질주, ㄹ의 춤, ㄹ의 고백

나를 달리게 하고 빠지게 하고 미끄러지게 하고 꿈꾸게
하는 손짓
네가 머문 곳에 신화가 펼쳐진다
나무마다 눈비늘 돋고 가등 불빛에 별 무리 헤엄치면
ㅡ   하늘과 땅 사이에 가득한 이야기, 소곤대는 말

이마에 닿으면 스며드는 숨결

늘 처음의 모습으로 오는
지치지도 늙지도 않는
반가움은 육각으로 이은 스노보드를 타고 너를 마중 나간
다

패러글라이더

―　그가 자신에게서 탈출하는 법을 발견했지

　바람을 타고 절벽에서 뛰어내리는 순간

　그를 싣고 날아가는 패러글라이더

　너무 높은 곳에 오르려 한 걸까

　커다란 날개를 끌고 바다에 빠진 남자

　'부활을 기다리며 여기 잠들다'

　간단하다, 한생을 정리한 문장

　그가 다다른 영원이란 누구도 모르지

　검은 석판을 감싸고 아이비가 돌고 아이비 둘레를 상사화
가 휘감고 있다

―　제비꽃, 망초, 소시랑꽃, 밥보재기, 풀꽃들이 피어나 바람에

흔들리고 있다

참숭어들

흰 배를 드러내며 솟구치는 참숭어들
산란할 곳을 찾았다는 몸짓일까

물억새 틈에 핀 개양귀비 붉은빛에 놀라며
나도 길 속을 헤엄치는 중

새와 구름과 바람과 낮달은 무엇을 향해 헤엄치고 있을까

모든 길들을 온몸에 받아 적은 지구본은 답을 아는 듯 빙
글빙글 돌고
지느러미 길어진 그림자가 나를 따라오지

막힌 곳에선 몸을 뒤틀고
열린 곳에선 가슴지느러미 세워 물살을 가르며
물굽이 넘을 때마다 유연해지는데

멈출 수 없는 흐름 속으로 덧없이 사라지는 것들

흐르는 대로 흘러가다
거스를 수 없는 흐름을 즐기다

그러나 흐르는 것으로 다일 수 없다는 듯
졸졸거리는 외침 소리들

보이지 않고 잡히지 않는 시간을 부리며
나를 흘러가게 하는 이가 누구일까

악사와 만돌린

　　구름에 걸린 다리에서 잠든 도시를 내려다본다, 표지판이
보이지 않아 허공을 걷는 새벽

　　멀리서 만돌린을 메고 오는 남자, 덥수룩한 수염과 불룩
한 배, 온화한 표정에 허리 굽혀 인사한다, 그가 나를 위해
악기를 연주한다, 혼을 울리는 곡을 따라 온몸을 흐느적이
며 노래 부른다

　　악사는 만돌린을 나에게 건네주고 구불거리는 산자락으
로 멀어져 간다
　　꿈에 나타난 내 안의 심혼
　　미래를 보여 준 나의 아니무스

　　그를 따라가고 싶지만 나를 기다리는 어린 일상이 떠오른
다, 스스로 일어서기 전에는 내 발목을 놓아주지 않을

　　그날부터 하루의 선분 위에 만돌린을 걸어 놓았다, 아이
들이 자라 제 길을 찾아간 뒤 가볍게 떠오르는 악사의 꿈

　　일상과 꿈 사이에 걸린 줄 위에서 수없이 떨어지고 다시

오른다, 출렁거리는 음보를 이어 가는 동안 소리의 귀가 트
이고 가락의 눈이 열리고 소절의 숨이 터지고

　마디의 초점들이 하나로 모이면 불룩한 울림통을 두드린
다, 현을 퉁기며 노래하는 동안 또 한 고개 넘어가는 내가
보인다

바람의 지느러미가 살랑거린다

상상의 깃털 하나 줍고 사유의 알밤 하나 줍고 한 걸음씩
나아가는 길
나무 뒤로 유년의 머리카락 보이고
모퉁이 돌아가는 가을의 뒤꿈치가 보인다

강둑에 핀 노란 괭이꽃이 묻는다
찾아 헤매는 것은 동물성인가 식물성인가

그것은 시간과 공간을 넘나드는 날개
소리 없이 빈칸을 채워 주는 말

바람의 지느러미가 살랑거린다
바위에 앉아 멍하니 두루마리구름을 읽는다
문득 수평으로 받아 적은 물의 문장에서 최초의 기록이
시작된 때를 더듬어 본다

나고 사라지는 세계에서 모든 얼굴이란 흐르는 순간의 타
이틀

보고 듣고 느끼고 아는 만큼 펼쳐지는 여정에서

깃털 알밤 머리카락 뒤꿈치에 은유의 숨을 불어넣는 날들

기다리던 말을 만날 때 솟구치는 황홀한 불꽃
또 하나의 점화를 위해 다음 고원으로 걸어가는

버섯구름의 몽상

一

　가볍게 떠 있는 층적운 사이로, 보이는 것과 보이지 않는
것, 존재와 부재, 한순간의 차이가 무한으로 질러 있다

　버섯구름이 몸을 바꾼다
　물고기, 양 떼, 두루마리, 돛단배, 안개, 우주선……
　모이고 흩어지는 순간의 형상들
　돌고 도는 생사의 유전을 즐긴다

　의식 속에는 백만 번이 넘는 생(生)의 체험이 쌓여 있다는데
　나는 얼마나 많은 몸을 가져 봤을지
　어떤 영혼을 만나야 더 이상 모델을 바꾸고 싶지 않을지

　여름이 소나기를 흘리고, 몽상이 허공을 누비고
　구름이 수없이 새 패션으로 갈아입는 동안

　아이들 떠드는 소리, 숟가락 부딪는 소리, 전화벨 울리는
소리가 한생의 골짜기를 건너가고 있다

一

호모 비아토르

깃털 달린 씨앗들은 이동을 꿈꾸지

프로펠러 도는 구름을 타고
보스포루스 해안으로 날아간 물총새
탁심공원에 핀 민들레
산토리니 언덕에 떠오른 달

낯선 곳에서 만난 낯익은 눈동자들
닿은 자리에서 다시 발아하고 있지

부푼 기구에 올라 비상을 기다리는 포자들
또 한 세계가 열리는 곳으로
새로운 이름이 부르는 곳으로

바라보며 순간을 느끼는 중
떠나가며 사라지는 중

*호모 비아토르(Homo Viator): 길 위의 사람.

아지랑이

一 쨍그랑! 무슨 징조일까

접시를 깨트리고 시원한 느낌이 드는 것은

코로나 블루가 덮고 있는 세상
오랜 침체의 끝을 알리는 소리 같아 창을 열고 바깥을 바라본다

덤불 밑에 흙을 뚫고 솟아오르는 애엽들
어김없이 계절은 제 길을 가고 있는데 동굴에 갇혀 무기력한 나

어디선가 쑥 내음이 나는 것 같다
어머니의 쑥떡이 떠오르는 것은 몸이 알려 주는 활력의 기호일까

쑥 향기를 싣고 달리는 혈관 속으로 모락모락 일어나는 기운들이 무언의 응원 같아

二 얼어붙은 막을 깨고 언덕마다 푸른 불꽃들이 일어나고 있다

제2부

도마뱀 꼬리가 보이는 계곡

물소리에 계곡은 늘 깨어 있고 앉기 편한 돌을 골라 발 담근다
소리 내며 달리는 투명한 물살 속으로 불룩하거나 움푹 파이는 물의 톱니들

끊임없는 초침 소리로 분주한 도시
되돌릴 수 없고 붙잡을 수 없는 흐름 속에서 소스라치듯 욕망의 트랙으로 달려간 바퀴들은 모두 어디로 갔을까

서늘한 그늘 좇아 자리를 바꿀 때마다 초침에서 분침으로 느슨해진다
하늘 향해 귀 세우고 느리게 움직이는 구름을 바라보는 동안 비로소 시간 밖으로 나온다

떨어진 잎이 뜬구름 위를 천천히 맴돈다
달려간 이들이 닿은 피안이 저곳 같아서 이쪽과 저쪽의 거리를 가늠하는 동안

미늘에 물려 기울어지는 눈금 속으로 모월 모일의 붉은 꼬리가 짧아지고 있다

두 마리 도마뱀의 순례

도마뱀 두 마리를 키웠지
통통해진 배, 날렵해진 꼬리, 빨판이 생긴 발, 요람에서 내
려놓았지

긴 목과 꼬리를 흔들며 종일 골목을 누비는 놈, 침침한 구
석에 숨어 있는 소심한 놈
허물을 벗을 때마다 몸통이 커졌어, 낯선 것을 대하는 자
세도 달라졌어
녹색 반점은 발끝에 남았을 뿐 자기만의 색깔과 무늬가
뚜렷해졌지

몸집이 커지자 꼬리 치며 골짜기로 달려가는 놈과 멀고
건조한 길을 골라 기어가는 놈을 보며 끼어들 수 없는 나는
발을 구르곤 했지

전갈에게서 도망치다 잘린 꼬리가 자라나고 귀뚜라미를
쫓다 바위틈에 다친 발가락이 뭉툭해졌어

세계를 알아 갈수록 눈은 밝아지고 귀는 깊어지고 움직임
은 빨라졌지

홀로 견디며 가는 순례의 길

갈망의 언덕을 다 넘어 본 후에야 찾아올 평원을 향해 온
몸으로 가고 있어

숲속의 새를 사랑하는 일

숲에는 노랑턱멧새, 오목눈이, 어치, 산솔새
갯벌에는 붉은발도요, 꼬마물떼새, 저어새

나무 둥지에서 지빠귀 알이 깨어난다
가마우지가 굽은 부리로 물고기를 잡고 있다

저마다 고정된 좌표를 뛰어넘으려 종종거리는 목숨들

목 아래 진한 노란색이 나타나고 머리에 장식깃이 돋은 뒤
가까이 오지 말 것
나의 몰입에 끼어들지 말 것
같은 공간이지만 이미 다른 세계이므로

새끼의 대업은 어미 새를 떠나는 일
기르는 일이 또 하나의 출발을 키우는 일
둥지에 감긴 질긴 물음을 끊고 새가 날아간다

텅 빈 가지를 바라보는 동안
멀어졌던 하늘이 돌아온다

갈피 속 날개를 꺼내 천공 속을 날아다닌다

항해자의 고백

그래요 다시 항해 중이에요, 아무것도 보이지 않지만 탐
색의 나침반은 움직이고 있어요, 멀리 섬이 보이네요, 망망
대해에서 섬은 잠시 기댈 수 있는 목침이지요, 항해의 시간
은 언제나 새로운 얼굴이에요, 일상에서는 팔과 다리가 상
자에 갇힌 느낌, 사방의 벽에 가로막힌 시선, 무엇보다 움직
이지 않는 천정을 견딜 수 없었지요, 왜 바다를 충전의 장소
라 여기는 걸까요, 끊임없이 출렁이는 내면의 세계, 물결 이
는 캔버스 속으로 한없이 나아가는 일인데요, 푸른 시야에
가끔씩 나타나는 혹등고래 때문일까요, 전망 속에 숨어 있
는 갖가지 섬들 때문일까요, 어쩌면 바다가 내주는 푸른 광
장을 자유롭게 날아다니는 새의 습성 때문인지 모르겠어요

달빛을 덮고 갑판 위에 누워 쏟아지는 별을 바라봅니다,
새벽이 열어 주는 태양의 신전에서 눈부신 빛을 온몸으로
받는 느낌을 어떻게 잊을 수 있겠어요, 항해란 바다 위를 산
책하는 일, 지루하지 않냐고요? 지루할 사이가 있을까요?
파도와 구름은 늘 자유로운걸요, 바다의 기분이 언제 바뀔
지 모르잖아요, 한 번씩 들르는 항구가 나들이랍니다, 그곳
에 오래 멈춰 있을 때, 물 위를 걷는 시간이 얼마나 소중한
지 알지요, 이미 여러 개의 문항 중에서 하나를 골랐어요,

항해를 선택하는 순간 이 길에 들어선 것이지요, 기다림이
란 변화를 원하는 자의 끈질긴 낚싯줄 아닌가요, 먼 수평선
을 바라보며 바람의 소리에 귀 기울이고 있어요, 그러는 사
이 바다와 내가 하나가 되는 순간, 통각의 고래 떼가 춤추고
솟구치고 줄달음치며 올지도 모르잖아요

오프라인과 온라인

화면에 접착된 눈동자

이어폰에 매달린 귓바퀴

지하철, 공원 벤치, 세상의 모든 의자를 타고 정보의 홍수 속을 헤엄치는 눈망울들

도로에는 유튜브에 실려 떠가는 행인

스마트폰과 중얼거리는 화자

좋아요를 클릭하는 내 머리를 치는 도토리가 높은 곳에서 내리는 죽비 소리로 들렸지

눈과 귀를 안으로 모으라는 말씀에 폰을 접고 별똥별을 따라가 보았지

공원 숲에 널린 운석들

몇 바퀴 돌아야 눈에 익는 고요를 모으는 도중 나를 잊어

버렸지

　　그동안 세계가 평화로웠어

　　더 이상 방울이 보이지 않을 때 내가 보이기 시작했지

　　우주를 떠도는 사이버 공간에서 나라는 깃발을 흔들고 있
는 입자 하나

숲속의 빈칸에는 안락하늘소

이끼 숲으로 들어가다

그늘에 놓인 일인용 팔걸이 나무 의자

?

사색 중인 낙타, 타이 맨 다람쥐, 구두 신은 딱따구리

변신에 성공한 의자의 귀환일까

자아를 잃어버린 목재의 방황일까

새벽안개가 머물던 걸상에 바람이 왔다 가고 물까치가 차지한다

내 차례 기다리는 동안, 안락하늘소 엎드려 있다

다가가도 꼼짝 않는다

단풍잎을 몽땅 가로챈 상강이 달아나고 목깃 세운 입동이

앉아 있다

　의자가 되어 돌아온 나무

　바닥을 들어 올리는 날개

　공중에 뜨는 양탄자

　온갖 풍경이 드나드는 빈칸 속으로

　지구를 돌고 온 하루가 길게 등받이에 기댄다

다람쥐의 도토리 진법

—

   홀리는 순간 발은 공원 숲으로 들어가고 눈은 바닥을 더
듬는다

   숲에 깔리는 진형, 굽신거리며 하나씩 부수어야 벗어난다

   갈색으로 빛나는 결정체, 높은 곳에서 떨어진 구슬, 암호가
적힌 쪽지

   이 포진은 간격이 일정치 않다, 정해진 노선이 없다, 몰입
해야 보인다

   경단으로 탑을 쌓는 동안 환해지는 눈빛, 올라가는 입꼬
리, 넉넉해진 호흡으로

   동그라미와 노는 아이, 탄성으로 차오르는 풍선, 회복되는
별자리

   나무가 보고 있을까, 제 분신들과 무아경에 든 다람쥐

—

숲의 숨은 눈 찾기

이것은 무슨 요청일까
발 앞에 떨어져 놀라게 하더니 이번엔 콧등을 때리는 행각

구름다리 오르려다 가을의 부름에 가지에서 뿌리로 가는
길목
손에 잡은 수수께끼를 풀기로 한다

낙엽 틈, 돌 틈에 놓인 고양이 눈, 올빼미 눈, 다람쥐 눈

나무의 시각, 숲의 안목, 땅의 망막, 점점 쌓이는 눈의 피
라미드

내게 모자란 것이 나를 향한 시선일까

반질거리는 수정체에 나를 되비쳐 보는 동안

꼭짓점에 또 하나의 눈동자가 떠오르는 아침

동그란 눈짓에 응답하는 나도 이들에게 하나의 미지수일까

숲속의 독서와 음악

깍정이 떼고 해마다 내놓는 시리즈

비비고 두드리고 굴려 본다
둥글고 기름한 모양은 곡선을 선호하는 작가의 기호
뾰족한 꼭지는 각운을 맞춘 운율의 미학

매끈한 행을 귀에 대어 본다
모호해서 넘긴 페이지 속으로 새벽을 깨우는 빛의 폭포와
윙윙거리는 한낮

고요가 나무의 언어라면
첫 꽃의 기쁨, 첫 줄의 두근거림, 물든 골짜기가 다 보일
때까지
행간 속으로 걸어가야 할 것이다

숲을 가로지르는 길고양이 울음, 여름을 찢는 매미 소리,
가을비가 가지를 두드리고 지나간 뒤

한 해의 공책 다 비우고 안으로 골똘한 나무
아직 묘사하지 못한 신비를 생각하고 있을 것

낯설고 먼 비유를 찾고 있을 것

루브르참나무 숲

강은 수평으로 달리고 나무는 수직으로 걷는다
걸음 따라 생각이 자란다면 걸어온 만큼 가지가 뻗고 발
자국마다 잎들이 피어 무성할 텐데

위를 향해 걸어가면 우주의 중심에 닿을 수 있을까, 그곳에
는 공간도 시간도 없는 곳이 있어 모든 것이 환히 보인다는데

간절한 생각 하나 넝쿨을 뻗는다
넝쿨손이 나무를 감고 오른다
새들이 우듬지에 닿은 잎을 물고 하늘 속으로 날아간다

깊이를 알 수 없는 허공, 무수한 은하계가 회전하고 있는
세계, 새들은 넝쿨손의 기도를 전했을까

상상을 키우는 숲, 가을의 발자국 찍힌 잎들이 의문부호
처럼 떨어져 오그라든다

나의 물음은 숲에서 시작되었다, 질문들이 떨어져 수북이
쌓인다, 숲은 하늘로 통하고 다시 돋아나는 잎들이 바통을
받는다

춤추는 우주

　태허에 떠 있는 푸른 구슬, 그 속에서 펼쳐지는 이야기가 궁금해 날마다 스카이라인을 넘어오는 커다란 눈동자

　가늘고 길게 뻗은 무수한 빛의 섬모에 쫓겨 어둠은 세상 등 뒤로 숨고, 붉은 열기가 구슬을 태우지 않도록, 닿을 수 없는 거리와 머무름 없는 원을 그리며 들여다보는 무희

　나는 무한히 열린 시선 앞에 솟구치는 파도, 온몸에 쏟아지는 따듯한 입김으로 눅눅한 정신을 푸르게 고양시키는 나뭇잎

　예기치 않은 슬픔에 갇혀 우울에 끌려갈 때 주저앉은 바닥에서 얼굴을 드는 순간 찬란함으로 쏟아지는 빛

　모든 곳을 보는, 모든 것을 아는, 그래서 침묵하는, 나는 저 빛에 공명하는 바람, 저 빛에 경배드리는 이슬이며 저 빛의 수호를 받는 촛불

　춤추는 그녀는 춤추는 나이고 춤추는 너이며 춤추는 우주

제3부

코끼리를 매단 모빌

혼자이고 싶은 이유가 많아질 때
꼬리를 물고 원을 맴돌다
모빌에 코끼리를 매달다
뒤뚱거리며 자전과 공전을 하다
코끼리 무게만큼 하루가 기울다

코스 벗어나다 몽롱한 새벽을 걸어가다 푸른 나팔꽃 깨어
있다, 너 발견하다 모르는 것은 새롭다 몇 개의 대물렌즈로
관측하다

보이는 부분은 너의 발톱쯤일 것
참나무 잎보다 많은 의심과 기대로 가상과 실상을 오가다
너는 너무 멀리 있거나 너무 가까이 있다

다가가야 보이는 세계를 향해 저쪽으로 건너가는 귀뚜라미
낯선 꽃들의 이름을 묻는다

이어지는 점줄 무늬는 어느 부위의 세포일까
적당한 초점거리를 찾으면 너의 전체가 보일까
너를 알면 코끼리가 가벼워질까

챙 깊은 모자

수많은 모자 중 하나를 골랐어
그 모자가 나를 고른 걸지도

그늘을 드리운 아늑한 차양은 흔들리는 시선을 안으로 모아
주었어
긴 동굴과 물너울 요동치는 해변을 함께 걸었어

조용한 동행자
구겨져도 반듯하게 펴지는 파라솔
한때의 발맞춤이었을까
나는 너에게 어떤 목록, 어떤 오솔길이었을까

모자를 잃어버렸어
모든 것이 변화하는 중이라면 서로 다른 길이 우리를 고
른 것

홀연히 떨어진 사막
집요하게 물어뜯는 태양의 송곳니
발목 잡는 모래의 집게발
움츠린 개구리 뒷다리와 동그란 올빼미 눈으로 건너고 있어

어느새 길과 하나 된 그림자 안쪽을 보고 있어
안에서 들리는 소리를 따라가고 있어
스스로 챙 깊은 모자가 되어 가고 있어

빛과 그늘의 대화

나는 그때 말의 범람을 피하고 싶었다
고요의 가지에 귀를 얹고 싶었다
그러나 길고 깊은 침묵은 두려웠다

그 무렵 시야에 들어온 피사체
말이 없다, 몸짓에서 무게가 느껴진다
깊이를 알 수 없는 부드러운 표정을 지녔다

소리에 반응하는 청각의 감도가 맞은 걸까
우리는 산자락과 강줄기를 따라 걸으며 빛과 그늘이 속삭
이는 소리에 귀 기울였다

그때 우리가 나눈 눈빛은 말하지 않아도 들리고 드러내지
않아도 보였다
기울어 있는 동안 말의 상처들이 회복되었다

세월의 변화가 우리를 갈라놓았다
세계가 빛깔을 잃고 황량할 때 부드러운 기억이 나를 이
끈다
너는 어느새 내 안에 드넓은 심연을 남겨 놓은 것

너를 통해 아늑한 침묵 속으로 들어올 수 있었다

이 안쪽 어디쯤에서 숲, 너도 그럴 것이다

수정 구슬이 보여 주는 세계의 환상

—

낮과 밤의 선로를 따라 일곱 번 원을 돌고 서른 능선을 넘어
열두 역을 지나는 동안

둥지 속 알들은 깨어 날아가고 붉은 낙엽 위로 쌓이는 눈발

크낙새 날개로 대양을 건너고 거인의 등에 올라 달리는
세상

만나고 헤어지고 웃고 울며 지나는 동안
유리창에 비쳤다 사라지는 금계의 흔적과 천의 환영들

빌딩 외벽으로 전광판 영상들이 휙휙 지난다
출발점에서 멀어진 여기는 어디쯤일까

궁수좌에서 쏘아 보낸 화살이 불에도 타지 않고 물에도
젖지 않고 오늘이라는 궤도를 돌고 도는데

언제 어디서 멈추는지 알 수 없는 시간 속으로 끊임없이
굴러가는 길 위의 공들

—

보고 듣고 물으며 이른 곳에서 수정 구슬이 보여 주는 것

무심하게 펼쳐지고 지워지는 세계의 환상

밤하늘은 반짝이는 별들의 합집합

─

　게이트로 들어가는 너의 뒷모습을 인파가 가린 순간, 하
나의 원이 두 개로 쪼개진다

　네가 없는 어항이 우주처럼 광활하다
부레가 부풀 때마다 색종이를 접어 비행기를 날린다
붕새는 공중을 날아가다 은하수에 떨어진다

　반쪽 나뭇잎으로 떠 있는 물고기
물의 진동이 느껴지지 않는다, 너와 나의 교집합은 기억뿐

　담담하려면 되새겨야 한다, 어느 것도 내게 속한 것이 없
음을, 시간 지나면 모든 집합은 흩어지는 것임을

　세상과 이별하는 순간 혼은 허공으로 날아가 지구의 공집
합이 되겠지
　우리가 별의 원소로 만들어졌으니 기억은 우주의 빛으로
돌아갈까

　밤하늘은 반짝이는 별들의 합집합

─

어항에 고인 물을 새 물로 간다
어제의 구름을 보내고 오늘의 가로수를 맞이한다

모두 느리거나 빠르게 제 길을 가고 있는 중
반갑게 교차하고 초연하게 멀어지는 연습을 하며

베가별은 얼마나 먼 곳에 있는가

—

　물총새 소리를 좋아하던 네가 없다고 모든 것이 무(無)가
된 것은 아닌데
　말라 가는 나문재와 칠면초, 주저앉은 염전 초막
　내 안의 바다가 사라졌다

　나는 얼마나 낯선 행성에 던져진 것일까
　갈라진 바닥에 달 표면 크레이터
　갯벌에 엎드린 객선 하나

　퇴적토가 쌓여 울퉁불퉁한 진흙 펄을 맴도는 동안
　별들은 계절 따라 자리를 옮긴다

　얼마나 많은 구름이 지나갔을까
　허공을 더듬는 시선이 길어질수록 우주가 가까이 다가온다
　받아들임이 나를 키우고 있는 것

　충분히 표류한 것일까
　내가 있어야 할 곳이 떠올랐을 때 포구의 풍경들이 움직
이기 시작한다

—

갈대밭이 끝나는 곳에서 달려오는 밀물
물 위에 떠 있는 알락꼬리마도요
가시 사이로 쏟아 내는 붉은 해당화

물의 누각에 너를 얹고 다음 여정에 오른다
햇살이 알람을 울리는 곳으로
다시 끝말잇기가 시작되는 곳으로

호모 게이머

＿

너는 지금 전쟁 게임을 하는 걸까
낯선 소리에 즉각 공격 자세를 취한다

긴장 모드를 바꾸고 싶어
우주복을 입고 튜바 행성을 탐사하는 은하 게임
농장에서 땀 흘리는 헤이데이
바다 위에서 서핑을 즐기는 게임을 시도하지만
늘 원점으로 돌아간다

점점 빠르게 바뀌는 패러다임 속에서 어떤 힘들이 의식을
지배하고 있을까

긴박감 넘치는 시뮬레이션을 선호하거나
시공 벗어난 판타지를 좋아하거나
다양한 생존 게임 속에서 저마다 자신의 상황에 열중하고
있는 것

게이머가 웃는다, 어떤 전투에서 승리를 거둔 걸까
저 만족감이 오래가기를

＿

그러나 바로 방탄복 여미고 공격 태세 돌입한다
만족 뒤에 곧 공허를 느끼는 것
끝없는 허기를 채우기 위해 순간의 소모전에 치열하게 임
하는 것

이런 것이 초고속 인공지능 시대를 위해 인류가 치르는
진화의 과정일까

최종 단계에는 어떤 풍경이 기다리고 있을까
뒤로 걸으면 어울리고 나누던 때로 돌아갈 수 있을까

정오의 햇살을 붙잡고 천변으로

내 안의 이글루 속에 누운 무기력 한 척
혼자서 시체놀이하는 것 같아

풀어진 수의근을 조여 주고 싶어
침몰하는 등뼈를 세워 주고 싶어
정오의 햇살을 붙잡고 천변으로 걸어가지

이곳에는 언제나 긍정이 가득하지
찬 강을 유유히 걷는 두루미
바람의 혼잣말에 고개를 연신 끄덕이는 갈대
어떤 경계도 가볍게 뛰어넘는 새 떼

유영하는 잉어와 오리를 보고 있으면
저쪽으로 놓인 징검돌을 건너지 않아도
어느새 천공을 활강하는 내 안의 수리 새

깨어난 초침이 유쾌해지고 있어
어디든 소리치며 달려가는 강처럼
돌아온 긍정이 발끝을 세우고 있어
움직이지 않아도 사계를 건너는 나무처럼

고양이와 함께 담장 위를 걷는다

어깨 통증이 고양이 소리를 낸다
나뭇가지에 걸린 시간이 늘어져 흐늘거린다
불면이 고양이와 함께 담장 위를 걷는다

문자의 세계에 빠져 고개 숙이고 화면 보느라 굳어 버린 목
고양이를 잡기 위해 엑스레이 찍는다
장침, 진통제, 올가미도 통하지 않는다

침입자에게 포고를 한다
울음 그치지 않으면 목젖을 자를 것이다
겁 없는 생쥐를 낮달이 건들거리며 바라본다

고양이 목에 방울을 달기 위해 운동을 시작한다
계단 오르기, 윗몸일으키기, 허리 젖히기, 팔 돌리기

밤하늘의 달과 별도 따라 돌고 있다
온몸이 요동하자 고양이가 도망친다

오랜 소음에서 풀려난 해방자
분침과 초침이 박자 맞추고 있다

멋진 착각도 멋진 꿈

눈을 뜨고 너라는 꿈을 꾸었지
나의 오류는 너를 신의 자리에 올려놓은 것
너는 욕망을 선택했지

고대 신들도 21세기에는 보다 성숙해졌을 것
꿈의 영역이 다른 것을 알았지
너를 내려놓는 순간 깨어났어

똑같은 동네를 맴돌고 있지
결국 꿈꾸는 일이 풍요롭다는 것

멋진 착각도 멋진 꿈이라는 것

내 앞에 펼쳐진 수많은 꿈의 행성들
날마다 새로운 은하계로 나아가고 있지
점점 우주가 확장된다 여기며

사라지면 흔적 없는 꿈속의 꿈

생생한 순간을 깨어서 바라보는 것

보고 느낀 바를 언어로 옮기며 살아가는 의미를 찾고 있지

은사시나무가 춤추는 쉼터

—

갈수록 쓴맛이야, 다음 생은 접수하지 않겠어
벼랑에 매달린 표정에 관하여
풀첩지가 우는 목소리에 관하여
긍정을 잃어버린 니체에 관하여

나란히 싸리재 오른다
의지에 불타는 청년들을 만난다
온갖 공격에도 여전히 꿈쩍 않는 바위
굴곡이 반복되어도 더 달려가 보자 외치는 물
지상의 길을 넘어 어디든 나의 길로 만드는 바람
한자리에 서서 사색을 길어 올리는 나무

계곡을 걷는 동안 힘찬 물소리가 씁쓸한 감정을 씻어 준다
은사시나무가 춤추는 쉼터에서 어제의 빗장이 풀려나온다
걸어온 발자국이 나를 읽는 눈동자로 바뀌는 오후

금빛 물비늘 변함없이 눈부시다
해마다 회귀하는 동자꽃, 속단, 나비나물꽃, 벌노랑이 부
르며

—

우리가 진정 원해야 할 것에 관하여
애벌레의 탈피에 관하여
산들바람 이는 눈빛에 관하여

다음 생에도 이 고개를 이렇게 넘으면 좋겠어
수긍하는 바람이 목을 감싼다
껍질 벗은 긍정이 접힌 날개를 펼치고 있다

제4부

꽃의 임무는 피어 있는 것인가 씨앗을 남기는 것인가

노란 양지꽃을 들여다보다, 분홍 엉겅퀴 가시를 만지다,
붉은 달리아 겹잎에 눈을 두다
꽃의 색깔과 크기와 향기를 더듬어 나의 모습과 성격과
존재 이유를 헤아려 보다

빛의 세계를 찾아온 보랏빛 봉오리가 터지는 순간 찰나의
생에 맡겨진 몫이 궁금해지다
죽은 이의 심장을 저울에 다는 이집트 심판은 자신의 임
무를 모르고 산 죄가 가장 크다 한다

꽃의 임무는 피어 있는 것인가 씨앗을 남기는 것인가
생성과 소멸의 안무 속에서
순간순간이 과정이며 결과인 별에서
피어나는 기쁨을 음미할까 시드는 슬픔을 되새길까

오락가락하는 나를 보고 연못 속 돌부처가 웃는다
피어 있음도 씨앗 맺음도 지나가는 중
피면 피는 대로 시들면 시드는 대로 머무는 데 없는 마음
으로 살라 하는데

가을, 나의 아틀란티스

―

빈 모퉁이 돌자 담장 위에 떠 있는 붉은 감들

골목은 사라지고 감나무 아래 긴 들창에는 실에 꿰인 감들
그녀가 말랑한 감을 고르던 곳

떠나야 했지 바퀴 소리 진동하는 도시로
떫은 열매 익히며 돌아갈 날을 고대했지
하늘 저편을 우두커니 바라보던 옥상
먼 별에서 달려오고 있을 흰 눈을 기다리던 날들

돌아가기도 전에, 그녀가 홀연히 가을 속으로 사라졌지
한쪽은 일상을 딛고 한쪽은 허공을 향해 뒤뚱거렸지
아이들이 자라는 동안 끝없이 휘어지는 골목을 얼마나 지
나왔을까

　―잃은 것 없다는 듯 여전히 풍성한 나무
　―있는 듯 없는 듯 내 곁에 있는 그녀
　―고요하고 담담한 나의 과거인 그녀와 들썩이고 울먹이
는 그녀의 미래인 내가 함께

―

내 안에 살고 있는 나무
그녀의 그녀였던 별들까지 주렁주렁 열린 가을

붉은 눈빛으로 바라보고 있지
그녀와 걷던 솔숲과 하늘과 바다가 함께 감나무를 맴돌고
있지

한적한 보도에 어슬렁거리는 고양이

시간이 멈추었다
일요일이 창가에 쭈그리고 앉아 있다
한적한 보도에 어슬렁거리는 고양이

일요일이 움직이지 않아 방황하는 월요일
갈림길에서 서성이는 화요일
열차를 놓친 금요일과 한자리 맴도는 토요일

그동안 바라던 오늘이 아니다
아직 모자를 벗지 않은 꿈을 위하여
나를 읽는 투명한 눈이 필요한 때

살진 휴일이 한가한 유리창에 비친다
멈춘 발을 들여다보는 동안 풀숲 철써기 울고 있다

액자에 갇힌 요일들을 꺼낸다
막막했던 세월은 접어 상자에 담는다

담담할 수 있다면 비운 만큼 얻은 것이다
또 하나의 경계 넘어 천진하게 다가오는 새벽을 위하여

눈뜬 별 하나 월요일의 문턱에 걸어 놓는다

건널목이 보이지 않을 때

표지판 없는 보도를 바라본다
건너뛸 수 없는 노정에 배낭을 내려놓고
주사위를 굴린다

나를 내려다보는 구름 속으로 언뜻 보인다
탄생의 실을 뽑는 고깔모자
실을 이리저리 움직이는 조종 막대
언제 어디서 자를지 궁리하는 집게손

기다림을 화분에 심고 물을 준다
나의 발바닥에서 뿌리가 나오고
사방으로 뻗는 시선에 천 개의 잎이 피어날 즈음

전령처럼 불어오는 소용돌이 속으로
멀어지는 얼굴과 가까워지는 얼굴이 보인다

모든 것이 잠잠해지면 드러날 것이다
바람의 레일이 내려놓은 곳
내가 원하는 곳일까 실이 정한 곳일까

이제 주사위는 굴리지 않는다

오랜 방황 끝에 깨어난 눈동자가 속삭인다
저마다 가고 싶은 쪽으로 기울어지는 중

초승달 위를 걷다

一
　어디에 있을까
　집게발 벌린 게, 웅크린 두꺼비, 약 방아 찧는 토끼, 절벽을
오르는 당나귀
　달 위에는 모든 것이 지구와 다를 수 있습니다

　캄캄한 밤에 떠오른 노란 형광판
　차고 기울며 도안을 수정하는 프로모터
　돋보기로 어둠 속을 읽는 예언자

　저곳에 닿기까지 얼마나 긴 세월이 필요한가
　텅 빈 의식에 감각이 생기고, 눈, 코, 입, 귀가 나오고 손발이
돋아 스스로 움직일 때까지
　내 안의 바다에 달이 뜨고 나를 부르는 소리가 들릴 때까지
　안개 골짜기를 빠져나와, 욕망의 사막을 벗어나, 오감(五感)의
고원을 넘고 넘어

　초승달에 도착하다
　달빛 해변에 첫발 디디다
　이곳은 모든 것이 지구와 다를 수 있습니다
一　은유와 상징이 놀라지 않게 천천히 걸어야 합니다

개나리가 미치다

단풍 짙은 개울가에 활짝 핀 개나리
봄의 백성이 가을에 온 것에 갸우뚱하다
행인들이 개나리를 미쳤다 하다

미치다: 1. 상식에서 벗어난 행동을 하다
　　　　 2. 일정한 수준에 다다르다

태양의 그림자 꼬리 붙들고 봄에서 가을까지 가는 동안
길을 벗어난 것일까, 길에 다다른 것일까

고개 젖히고 노랗게 웃는 개나리에게
불멸의 경계를 넘나드는 능력자에게
같은 자연의 동료로서
유한한 시간이 불만인 유기체로서

시간의 철옹성을 자유롭게 드나드는 비밀을 묻다
네 계절 사이 우주의 문이 한 번씩 열리는 때
눈알이 백 개인 수문장을 피하는 법

답은 미쳐야 미친다

점프 점프, 턴 턴 턴

—

내 손에 떨어진 붉은 잎 하나
바위처럼 무겁다

어느덧 지나갔다
푸른 시절
바람의 신호에 발맞추던
박자가 어긋날 때마다 휘청거리던

그 모든 날들이 예행연습이었다

회오리바람 타고 내 손에서 솟구친다
무대에 오르지 못한 춤을 위하여

더 높이 점프 점프

한생이 매달렸던 골짜기가 보인다
소심한 그늘을 빠져나오던 올찬 스텝으로
물집 잡힌 멍울이 터질 때마다 비틀거리던 몸짓으로
깨금발로 돌며 흔적 없는 자리를 더듬어 본다

—

몸을 접고 턴 턴 턴

마지막 동작을 위해 호흡을 고른다
다리 올려 거꾸로 돈다
온몸의 힘을 빼고 큰 호를 그리며 인사한다
돌개바람이 들썩이며 손뼉을 친다

혼신을 다한 한마당
한 해의 조명이 꺼진 무대가 환하다

수박의 법문

어떻게 찾아왔을까, 주위를 살피며 날개를 사방으로 펼친다, 굽은 선을 그리며 줄기를 타고 마디마디 노란 꽃들이 핀다, 꽃 진 자리에 완두콩에서 탁구공 크기로, 장마 지나고 야구공에서 훌쩍 농구공으로, 나날이 세로줄이 짙어진다

저 줄에는 전생에서 이승으로 오는 항로가 들어 있을까, 해마다 찾아오는 줄무늬 공작, 토마토, 오이, 호박들과 함께 축제가 이어진다, 마법사도 저 형체와 색채와 습성의 취향을 바꾸지 못한다, 넝쿨은 더 넓게 그늘을 만들고 그 품에서 둥근 것의 질량이 불어난다

푸른 수채화가 번지던 마당, 차오르는 화면을 지켜보던 눈들, 웃음소리가 넝쿨처럼 퍼지던 뺨들, 잘 익은 통을 두드리던 손들, 붉은 과육을 삼키며 멀리 씨를 뱉던 입들

돌아온 자들은 또 돌아가야 할 것이다, 이들은 이별을 슬퍼하지 않는다, 세로줄에 새겨진 법문이 보인다, 세상에 익은 열매를 남기고 떠날 것, 같은 계절에 돌아올 것, 윤업이 다른 나는 그저 이들이 펼치는 환생의 미학에 흠뻑 취해 보는 것

진열장 안의 크리슈나

돌 속에 들어 있는 한 사람
흰 석회석 얼굴이 웃는 상이다
하얀 수염이 발까지 흘러내렸다

몸도 이름도 망각하고 고요의 심해에 들기까지
파도에 쓸리며 거친 숨을 다듬어 온 것

돌의 형상에도 단계가 있는 것일까

긴장을 푼 파충류 악어
숨이 깊어진 포유류 코끼리
속도를 내려놓은 조랑말

돌의 육도 지나며 다음 고지로 가고 있다

부동의 시간을 견디고 있는 돌 속의 행자들
어둠 속에서 숨은 빛이 보일 때까지
깨달음 속에서 제자리 찾을 때까지

흔들림 없는 자세는 이들이 머물고 있는 몰입의 경지

수수께끼

　모퉁이마다 스핑크스가 서 있었다
돌로 만든 얼굴들이 번갈아 말을 걸었다
—모든 시작이자 끝인 것은 무엇인가

　들창에 어른거리는 그림자들이 사다리 없는 지붕을 오르
내린다
　상자 속에 웅크린 어둠 한 마리
　남의 길을 따라가다 막힌 자리에서 그림자 꼬리를 잡고
매달린다

　호기심이 질문이 되고 발걸음이 되는 동안 알 것 같다
　모든 시작이자 끝이 되는 것의 정체

　오늘이라 불리는 찰나, 나라고 부르는 오해, 너라 믿고 붙
잡은 얼굴
　살아 있음이라는 느낌
　끝이 있어 안심되고 끝이 없어 계속 걷게 되는 길들

　이번엔 내가 질문을 한다
—더 이상 수수께끼를 풀지 않아도 되는 곳은 어디인가

떠나지 않아도 불안하지 않은 자리
다시 만나고 싶은 얼굴이 있는 쪽
그래도 이건 괜찮다고 말할 수 있는 날들이 있는 곳

플라잉 보드

은하가 가까이 다가온다
검푸른 천공에 펼쳐지는 달의 만다라

돌고 돌며 수많은 그림자를 벗어난 목동
잃어버린 퍼즐 조각을 찾은 원
우주와 하나가 된 온음표
하늘에 놓인 플라잉 보드

달빛을 싣고 달리는 강물의 노래가 들린다
노랫소리에 노란빛이 선명해진다
보드를 타고 미끄러지면 천궁 자리 초은하단에 닿을까

하늘굽이 점점 밝아진다
어느새 새벽이 서핑보드를 타고 온다
창백해진 달이 호해에 잠기기 전
뜰채로 건져 내 어둠 속 천공에 올려놓을까

달빛 따라 다리를 건넌다
몽롱한 잠에서 깨어 있는 꿈으로
바람의 언덕에서 무심의 자리로

제5부

솔직해져도 될까요?

날것은 무모해서 두렵기도 하지요
별빛을 헤아리거나 달무리를 관찰하지 못한 채 편견을 불쑥
쏟아 내기도 하니까요

드러내기보다 침묵해 보라는 말이 떠오르네요
아직 내 그림자의 컨디션과 옆구리의 감정도 모르니까요

오래 말을 묶어 두길 잘했어요
질긴 섬유질을 소화하는 중이에요
거친 말머리를 손질하고 긴 꼬리도 잘라야 하지요

스스로 묻고 답하며 걸어왔어요
나보다 앞서 수많은 고개를 넘어간 당신
시간이 흐른 후 보이네요
내가 넘어야 할 말의 봉우리들

당신에 관해 멋대로 발설하는 것은 어쩌면 영원히 보류하는
게 낫겠어요
걸음이 생각을 기르는 동안 차이를 긍정하는 것으로 소통은
충분하니까요

향나무 옹이 속 제3의 눈

눈 덮인 숲에 수직으로 서 있는 침묵의 수호자들
고요의 성채 속으로 들어가는 침입자

정적을 깨는 발소리
향나무 고목 주름진 옹이가 듣고 있다
잰걸음의 호흡을 살펴보는 중
기울기의 좌우 눈금을 재어 보는 중

언덕에 앉아 발등을 내려다보는 사색자
옹이에게 묻는다
감정은 어디까지 정도이고 범람인지
이성은 어디까지 분별이고 혼돈인지

옹이가 답한다
우주 속 먼지보다 작은 미립자
무엇이 허구이고 무엇이 실재인지 아시는지
나로부터 자유로울 것

긴 걸음이 그늘 속을 맴돈다
굳은살에서 또 하나의 눈이 열릴 때까지

안으로 밝아지는 보행자
스스로 묻고 답하며 깊어지는 숲

현자와 아이의 변증법

一   너는 나를 아이로 보고 나는 너를 현자로 본다

        너는 나의 물정 모르는 천진이 딱했을까
        나는 너의 전지전능한 폼이 불편했을까

        현자의 감정과 아이의 감정
        그 사이에 놓인 거리를 좁히지 못한 것은 누구의 탓이 아
니다

        동등한 자리가 아닌 영혼은 낯설어 접점을 찾아 무의식의
협곡을 헤매는 것

        돼지 눈엔 돼지만 보이고 부처 눈엔 부처만 보인다면
        나를 아이로 보는 네가 아이이고 너를 현자로 보는 내가
현자 아닌가

        현자는 자신의 한계를 알지만 아이는 자신의 한계를 모르
는 것

一   어느 날 네가 아이로 보이고 내가 현자로 보인다면

이 변화는 성장인가 퇴행인가

내가 누구인지 네가 누구인지
믿음과 의심이 시소를 통해 제자리를 찾아가는 것이라면
아이가 될 수 있는 게 현자이고 현자가 될 수 있는 게 아
이인 것

백 년이 지난 후에야 깨닫는 것

기억의 귀소성

—　　미래에 도착했다, 기계가 노동을, AI가 지능을 대신하는
시대에

　　안부를 묻는다
　　멈출 줄 모르는 바퀴에게
　　온라인 속을 누비는 순례자에게
　　게임에 사로잡힌 부엉이에게

　　로데오 거리에는 폰을 들고 모여드는 철새들
　　고층 빌딩 위에서 바라보는 달

　　머물 곳을 찾던 새 한 마리
　　돌기둥 위에서 분수처럼 솟구친다
　　언제든 돌아갈 수 있다고 믿는 사이 멀어져 버린 시절을
찾아

　　전깃불 휘황한 광장을 가로질러, 모래바람 가르는 낙타
행렬을 쫓고, 야크 떼가 풀을 뜯는 고원을 넘어간다

—　　문을 열면 하늘이 가득 안기는

바람에게 말을 걸면 새소리가 응답하는
해거름 메아리가 아이들을 부르는

사계가 천천히 머물다 가는
가쁜 숨이 다시 제 리듬을 찾는 마을로

비눗방울이 만드는 O의 유희

공원에서 아이가 비눗방울 분다
거품에서 태어나는 크고 작은 O들

빛나는 O에 나를 싣는다
둥글게 부풀어 떠오르다 꺼지는 기포들

아이가 다시 분다
수없이 태어나고 사라지는 은하들

아이는 돌아가고 허공에 떠 있는 동안
얼마나 많은 무한이 흘러갔을까

하루의 잎이 붉게 물드는 오후
삶이란 욕망이 잠시 몸을 얻는 순간이라 중얼거리며

어스름 조여 와 빈 캐리어가 있는 곳으로 내려온 내 앞에
영원처럼 서 있는 나무들, 건물들

비눗방울에 실려 떠 있는 날들을 충만하다 해야 할지 공허
하다 해야 할지

오늘이 비눗방울로 다 흩어지기 전
수은등 아래 낯익은 골목으로 달려가는 저녁

카페 봄날의 곰

생각들로 활자가 어지러울 때
아하 사원으로 가는 미끄럼 길을 거꾸로 오른다
봄날의 곰이라는 카페 앞에서
이디오피아 마디차브라하누라 쓴 메뉴판을 읽는다

곰 모자 쓴 이에게 사원으로 가는 길을 묻자
'저마다 길이 다르다'
이곳에 멈춘 내력을 묻자
'이곳이 내가 이른 아하 사원'

등나무 덩굴 위로 열두 개의 물기둥이 솟구친다
휘어지는 물줄기 끝에 언뜻 사원 지붕이 보인다
그곳을 멍하니 보는 사이
자동차 소리가 멈추고 구름이 멈추고 생각이 정지한 순간

사원에 들어섰다
미래의 내가 평온한 눈빛으로 맞는다
말이 없어도 나로서 충분하다

바람이 몸을 비틀자 세계가 다시 움직이기 시작한다

나를 만나고 싶을 때마다 분수가 잘 보이는 자리에 앉아
무심(無心)의 발자국에 귀 기울인다

고양이와의 대화

고양이가 우는 밤, 캄캄한 동굴 속에서 보낸 SOS
알바하며 홀로 원룸에 살고 있어요

번호 하나 잘못 눌러 나에게 닿은 신호다
이야기는 계속 페달을 밟으며 달린다
화려하고 자유분방한 도시를
만나고 사랑하다 헤어진 강변의 아침을
불쑥 찾아온 생명을
두 갈래 길 앞에 웅크린 계절을
날마다 밀려오는 거센 파도를 어떻게 넘을까요

한참 말이 없다
태어나는 것은 축복이지요
그녀의 목소리가 차분하다
큰 힘이 되었어요

구르는 바퀴에 추임새를 넣었을 뿐
난간에서 떨어진 고양이를 안아 준 밤

가파른 고개 오르내리다 보면 굵어진 마디에 새순이 돋을

것이다
  바람의 모퉁이 다 돌아가면 판판하고 아늑한 곳에 이를
것이다

  길은 달라도 우리 모두 그곳으로 가는 행인들

개나리방앗간

서울 온 지 이십 년 넘은 방앗간 주인, 노란 개나리가 담을 두르고 피던 때에 문을 열었다, 낡은 유리문에는 수십 번 붙였다 떼어 낸 전단 자국이 겹겹이 남아 있다

우람한 팔로 고무 대야 속에 쌀을 붓는다, 두툼한 손으로 쌀 씻는 소리가 바닷가 몽돌 자갈 소리처럼 상쾌하다

갈수록 치솟는 월세를 내면서도 그가 받는 품값은 십 년 전 그대로다, 저울눈이 칼 같은 도시에서 여전히 두루뭉술한 시골 삯을 받는다, 단골들은 멀리 이사 가도 찾아온다

그와 함께 살던 러시아 여자는 방앗간 뒤쪽 작은 방에서 미래를 꿈꾸었다, 조기유학 열풍이 번지던 해 어린 아들 손 잡고 러시아로 떠났다

밤마다 아들 사진 꺼내 보며 붉은 눈에 서리는 안개를 손등으로 털어 낸다, 기러기 아빠라는 말이 한숨처럼 새어 나온다

시골 어매가 보낸 박스에서 말린 쑥을 꺼낸다, 일어설 때

마다 뻐근한 허리 두드리며 지금도 들판 가득한 푸른 기운
을 뜯고 있을

　찰진 가래떡이 김을 뿜으며 찬물 속으로 쏟아진다, 나무
떡살로 부귀와 수복을 비는 문양을 꾹꾹 찍는다, 조금씩 비
뚤어지는 문양은 삶이 늘 맘대로 되지 않는다는 묵시 같아

　쑥떡을 찔 때마다 이 도시의 보도블록 틈에도 들판의 싱
싱한 기운이 스며들기를, 아이가 쑥쑥 자라서 돌아오기를,
재개발 돌풍이 휩쓸고 간 후에도 흙냄새 나는 개나리떡집
으로 건재하기를

기억의 잎사귀들이 바스락거리는 마을

상상 속으로 더 높이 날아가라 응원해 주던 그가
목소리와 표정이 없는 곳으로
환상이 멈춘 곳으로 돌아갔다

낮게 뜬 구름
고층 건물이 무성하게 솟은 도시
우거진 녹음 사이로 달리는 열차
결국 저곳으로 가고 있는 선로 위의 승객들

그가 남긴 허공이 휘청거린다
먼저 가고 나중 가는 차이일 뿐인데 서서히 주저앉는 오후

떠나지 못한 잔광과 함께
가로수 사이로 어른거리는 그를 닮은 어둑서니들

보이는 것이 다가 아니라는 듯
보이지 않아도 넓고 깊고 찬란하게 펼쳐진 우주처럼
내 안에 존재하는 생생한 날들을 보라는 듯

기댈 등을 내주는 바위처럼 서 있는

구름 위에 엎드린 낮달처럼 웃고 있는

태풍도 나이테도 비껴가는
뒤꿈치 없는 바람이 데려가는

기억의 잎사귀들이 바스락거리는 마을의 숲은 늘 푸르다

아직

—죽고 싶어
사이클 타는 노인이 중얼거린다
두 아들을 화재로 잃었다는, 죽지 못해 산다는
그러나 오늘도 온몸으로 밀고 당기며 두 바퀴를 굴리는
그의 삶은 여전히 앞으로 나간다

그 말을 실천했던 몽상가가 떠오른다
죽음을 선택한 것으로 신에 도전하던
인간 의지의 승리를 위해 곡기를 끊고 해골처럼 말라 가던
어느 날 그의 개선가가 부고장으로 날아들던

노인이 걸어 다니는 저승사자로 보인다
나는 아직 해님의 빛을 담아야 할 빈칸이 많다
가능한 한 피해 다닌다
더 멀어지고 싶어 운동에 집중한다

보이지 않아 붙들 수도 없는
순간순간 달아나기만 하는 시간의 발목

열어 보고 싶은 장들과 이루고 싶은 일들이 살아 있고 싶

게 한다

팔월의 도서관

이곳은 책들의 집, 소리는 반입 금지
종이 속 문장을 드나드는 눈들
페이지 넘기는 소리, 하품 소리, 볼펜 굴리는 소리, 신발 끄
는 소리

유리창에 비치다
양버즘나무 푸른 잎사귀 속에 열린 열람실
가지 위에 걸려 있는 나
유체 이탈 영체처럼 여기에 있으면서 저기와 거기 편재하
는 나

거센 바람과 폭우는 출입 금지
유리 동굴 안에서 넘긴 쪽수만큼 깊어진다 믿으며, 오늘
보다 내일이 환해진다 여기며, 아무것도 잡히지 않는 홀로
그램 속에서, 유령처럼 앉아 있는 동안 환영처럼 사라지는
날들

구름에 걸린 벽시계가 울리다
빗줄기가 오른쪽 뺨에 걸린 살구나무 가지를 흔들다
우산 든 행인들이 책상과 나를 유유히 통과하다

내가 사용하지 못한 바깥의 날들
 팔월이 몽땅 오토바이에 싣고 능소화 핀 돌담을 뚫고 빠
르게 지나가다

인간 존재의 기원과 궁극으로서의 서정

유성호(문학평론가)

1. 시원(始原)의 세계를 받아들이는 새로운 언어

서정시는 스스로를 토로하고 드러내는 방법을 통해 시인 자신의 삶과 의식을 비유적으로 보여 주는 언어 양식이다. 일인칭 고백 장르로서의 서정시가 탄생하는 과정은 지나온 시간에 대한 기억과 그것을 표현하는 함축적 언어에 의해 대부분 이루어진다. 신명옥의 시가 생성되는 수원(水源) 역시 지나온 시간에 대한 기억인 경우가 많은데, 그것이 감상적 회고주의에 빠지지 않고 새로운 질서를 상상하는 쪽으로 나아간다는 데 그만의 특장(特長)이 있다고 할 수 있다. 특별히 이번 시집 『팔월의 도서관』은 등단 20년을 맞는 시인이 "어둠을 건너온 별이 또렷해질 즈음/늦게야 찾아낸 고원의 이름"을 곡진하게 담아낸 고백록이요, 시인 스스로의 개성적 사유를 담아낸 아름다운 삶의 도록(圖錄)으로 다가온다 할 것이다(「시인의 말」).

우리는 신명옥의 시에서 구체적 사물과 개성적 상상력이

만나 '시적인 것'을 이루어 가는 순간을 바라보게 된다. 다양한 삶의 모습에 숨겨진 그만의 이미지군(群)에 귀 기울이면서 지상에서 힘겨운 삶을 견디고 치유해 가는 힘과 언어를 경험하게 된다. 그만큼 그의 시는 개성적인 삶의 파문과 스스로의 육성을 우리에게 들려준다. 그것은 사물의 황홀에 전율하면서도 시원(始原)의 세계를 받아들이는 넉넉한 품과 태도에서 가능한 일일 것이다. 그리고 이러한 지향은 그만이 굴착해 가는 시적 비전(vision)으로 한없이 이어져 간다. 그러한 비전이야말로 기억과 기록의 의미를 다듬으면서 환상적 이미지로의 확장성을 이끌어 오는 태도에서 기인하게 된다. 이제 그 세계로 천천히 한 걸음씩 들어가 보도록 하자.

2. 존재론적 기억과 기록으로서의 '시 쓰기'

신명옥 시의 주요 속성은 기억과 기록에 관한 자의식에서 먼저 찾아진다. 시인은 대상에 대한 수평적 확산을 꾀하면서 그것의 비유적 의미망을 자신의 글쓰기로 끝없이 이월해 간다. 서정시가 구현하는 시간예술로서의 속성을 충실하게 채워 가면서도 삶과 사물을 기억하고 기록해 가는 글쓰기의 본질을 정성스럽게 구성해 간다. 이처럼 서정시의 오랜 존재론적 기율로서 기억과 기록은 신명옥 시인 자신을 존재하게 해 준 동력으로서 단단한 내인(內因)을 구축하고 있다 할 것이다. 동시에 시인은 스스로의 내면에 일어나는 시인으로서의 자의식 탐구에 진력하는 모습을 보여 주는데, 말하자면 '시' 혹은 '시 쓰기'에 대한 정체성을 고민하면서

시인으로서의 삶을 사유하는 원형적 질문을 간단없이 수행
해 간다. 그 원형적 질문을 따라 시인 자신의 존재론을 더
깊이 확인해 가는 모습이 천천히 다가온다. 다음 작품을 한
번 읽어 보자.

상상 속으로 더 높이 날아가라 응원해 주던 그가
목소리와 표정이 없는 곳으로
환상이 멈춘 곳으로 돌아갔다

낮게 뜬 구름
고층 건물이 무성하게 솟은 도시
우거진 녹음 사이로 달리는 열차
결국 저곳으로 가고 있는 선로 위의 승객들

그가 남긴 허공이 휘청거린다
먼저 가고 나중 가는 차이일 뿐인데 서서히 주저앉는 오후

떠나지 못한 잔광과 함께
가로수 사이로 어른거리는 그를 닮은 어둑서니들

보이는 것이 다가 아니라는 듯
보이지 않아도 넓고 깊고 찬란하게 펼쳐진 우주처럼
내 안에 존재하는 생생한 날들을 보라는 듯

기댈 등을 내주는 바위처럼 서 있는
구름 위에 엎드린 낮달처럼 웃고 있는

태풍도 나이테도 비껴가는
뒤꿈치 없는 바람이 데려가는

기억의 잎사귀들이 바스락거리는 마을의 숲은 늘 푸르다
　　　　　—「기억의 잎사귀들이 바스락거리는 마을」 전문

　시인은 항상 자신을 응원해 주다가 "목소리와 표정이 없는 곳" 혹은 "환상이 멈춘 곳"으로 돌아간 '그'를 회상한다. 아닌 게 아니라 '그'만이 아니라 도시의 녹음 사이를 달리는 열차의 승객들이 결국 "저곳"으로 가고 있지 않은가. 지상에 "그가 남긴 허공"이 휘청거릴 때 시인은 삶이라는 것이 "먼저 가고 나중 가는 차이"만 있을 뿐이라는 것을 아프게 각인한다. "떠나지 못한 잔광"이나 "그를 닮은 어둑서니들"은 모두 '그'가 이곳에 "보이지 않아도 넓고 깊고 찬란하게 펼쳐진 우주"로 남긴 흔적일 것이다. 이처럼 '그'가 "내 안에 존재하는 생생한 날들"이 펼쳐지는 순간에 시인은 "기댈 등을 내주는 바위처럼" 남아 있는 '그'를 떠올리면서 "기억의 잎사귀들이 바스락거리는 마을의 숲"을 푸르게 기억한다. 그리고 "기억의 잎사귀들이 바스락거리는" 순간을 섬세하게 기록해 간다. 이렇게 누군가가 남기고 떠난 흔적을 "기억의 잎사귀들"이라는 이미지로 응집하여 "또 한 세계가 열리는 곳으로/새로운 이름이 부르는 곳으로"(「호모 비아토르」) 자신의 '시'를 옮겨 간 신명옥의 언어는 누군가의 삶을 기억하고 기록하는 자의식으로 충일하기만 하다. 그 안에서 우리는 "멈출 수 없는 흐름 속으로 덧없이 사라지는 것들"과 함께(「참숭어들」) 그 흔적이 "어둠 속에서 숨은 빛"으로 뿌려지는 순간을 만나게 된다(「진열장 안의 크리슈나」). 아득하고 절절한 언어가 아닐 수 없을 것이다. 다음은 어떠한가.

이곳은 책들의 집, 소리는 반입 금지
종이 속 문장을 드나드는 눈들
페이지 넘기는 소리, 하품 소리, 볼펜 굴리는 소리, 신발 끄는
소리

유리창에 비치다
양버즘나무 푸른 잎사귀 속에 열린 열람실
가지 위에 걸려 있는 나
유체 이탈 영체처럼 여기에 있으면서 저기와 거기 편재하는 나

거센 바람과 폭우는 출입 금지
유리 동굴 안에서 넘긴 쪽수만큼 깊어진다 믿으며, 오늘보다
내일이 환해진다 여기며, 아무것도 잡히지 않는 홀로그램 속
에서, 유령처럼 앉아 있는 동안 환영처럼 사라지는 날들

구름에 걸린 벽시계가 울리다

빗줄기가 오른쪽 뺨에 걸린 살구나무 가지를 흔들다
우산 든 행인들이 책상과 나를 유유히 통과하다

내가 사용하지 못한 바깥의 날들
팔월이 몽땅 오토바이에 싣고 능소화 핀 돌담을 뚫고 빠르게
지나가다

―「팔월의 도서관」 전문

　　이번 시집의 표제작이기도 한 이 아름다운 시편은 팔월
성하(盛夏)에 "책들의 집"을 불러 그 한가운데 앉힌 미학적
결실이다. "책들의 집"은 "소리는 반입 금지"이고 "거센 바
람과 폭우는 출입 금지"이다. "종이 속 문장을 드나드는 눈
들"과 페이지를 넘기고 볼펜을 굴리고 신발을 끄는 소리만
이 고요를 감싸고 있을 뿐이다. 유리창에 비친 "양버즘나무
푸른 잎사귀 속에 열린 열람실"이야말로 이 도서관이 얼마
나 생명 친화적이고 "가지 위에 걸려 있는" 시인 자신을 본
원적으로 만들어 가는지를 잘 보여 주는 이미지일 것이다.
"오늘보다 내일이 환해진" 순간이 이어지면서 시인은 그곳
에서 "유령처럼 앉아 있는 동안 환영처럼 사라지는 날들"
을 바라본다. "구름에 걸린 벽시계"나 "내가 사용하지 못한
바깥의 날들"이 함께 머물고 있는 "팔월의 도서관"은 그렇
게 '시인 신명옥'으로 하여금 시를 쓰게 하는 존재론적 성소
(聖所)로 거듭나고 있다. 이렇게 시인은 그곳에서 "보이지 않
아 붙들 수도 없는/순간순간 달아나기만 하는 시간의 발목"

117

을 바라보면서(「아직」) "보이는 것과 보이지 않는 것, 존재와 부재, 한순간의 차이가 무한으로" 바뀌는 찰나를 채집해 간다(「버섯구름의 몽상」). 모든 것이 "하늘과 땅 사이에 가득한 이야기, 소곤대는 말"을 스스로 기록해 가는 시인으로서의 자의식이 반영된 결실인 셈이다(「스노보드」).

결국 신명옥 시인은 감각적이고 가시적인 표상을 넘어 보이지 않고 신비로운 사물과 내면의 세계를 충일하게 하는 시원의 에너지를 적극적으로 품은 채 시를 써 간다. 이러한 에너지는 그의 시를 발원케 하는 궁극적 원형이 아닐 수 없는데, 우리는 그러한 기원과 궁극을 추구해 가는 시인의 모습을 통해 그가 가지는 첨예한 언어적 자의식을 만나게 된다. 사물과 내면의 심층에서 울려오는 언어에 귀 기울이는 일관성은 그의 시를 구축하고 관통하는 가장 중요한 힘이자 빛일 것이다. 또한 그의 시는 경험적 실감과 내면의 진정성이 결속해 드러나는 특성을 견지하고 있다. 그러한 결속을 가능케 하는 예술적 양식이 바로 '시'인 것이다. 그때 비로소 '시인 신명옥'은 태어나고 자라고 펼쳐진다. 존재론적 기억과 기록으로서의 '시 쓰기'에 대한 자의식 탐구가 그러한 과정을 통해 비로소 완성되어 가는 것이다.

3. 삶의 가장 근원적인 가치들에 대한 소환과 탐색

두루 알다시피 서정시는 자기표현 과정을 통해 시인 스스로의 의식과 무의식을 드러내는 예술이다. 이때 시인의 사유와 감각을 구성하는 것은 시인 자신이 겪어 낸 원체험(原

體驗)이고 그것을 표현하는 원리는 삶을 순간성으로 파악해 내는 시인의 능력에 있을 것이다. 이러한 사유와 감각이 다양한 문양으로 번져 가는 신명옥의 이번 시집『팔월의 도서관』은 그 점에서 지성적이고 상징적인 차원을 동시에 지향하는 언어적 거소(居所)로 우리를 찾아온다. 일찍이 프랑스 시인 발레리는 서정시의 원리를 "숭고한 아름다움에 대한 인간의 열망"이라고 암시한 바 있는데, 그렇게 반짝이는 사유와 감각을 통해 신명옥 시인은 숭고한 차원으로 도약하려는 열망을 토로해 간다. 이때 그의 상상력은 단순한 회고 취미나 자연 예찬이나 이념 지향으로 흐르지 않고, 삶의 가장 근원적인 가치들에 대한 소환과 탐색을 수행해 가게 된다.

미루나무 꼭지에서 쏟아지는 이 빛의 시간을 어떻게 할 것인가

보고 듣고 만나며 넓은 세상 맘껏 다녀 봐야지, 꿈꾸듯 신나게 살아 봐야지, 운명은 나와 무관하게 모눈종이 위에 좌표를 그려 놓았다

빈칸을 채우기 위해 우왕좌왕하던 시절 가파른 비탈 오르내리는 동안 겨드랑이 속에 접힌 날개가 팔딱거렸다, 일생이 한바탕 꿈꾸는 일이라면 이것은 누구의 꿈속일까

아이들이 커서 제 길을 찾아간 후 삶은 여백을 슬그머니 내

준다, 꿈다운 꿈을 알기 위해 긴 세월과 가혹한 체험이 필요했
을까

돌이끼처럼 덮고 있는 습을 긁어내고 찾아온 마음의 무중력
지대
나뭇잎 틈으로 쏟아지는 빛을 받으며 가장 나이고 싶은 모
습을 찾아 걸어가는 중

—「판타지아」 전문

'판타지아'는 말 그대로 형식 제약을 받지 않는 자유로운
환상곡을 뜻한다. 시인은 미루나무 꼭대기에서 쏟아지는
"빛의 시간"을 누리고 있다. 꿈꾸듯 신나게 넓은 세상 다니
면서 살리라 생각했지만 운명은 시인의 바람과는 다른 좌
표를 모눈종이 위에 그려 놓았다. 모눈종이의 빈칸을 채우
려고 비탈 오르내리던 시절, 시인은 겨드랑이 속에 접힌 날
개가 팔딱거림을 느꼈다. 그렇게 꿈속의 '판타지아'처럼 비
상(飛翔)의 욕망이 꿈틀거렸을 때 시인은 "꿈다운 꿈을 알기
위해" 살아온 세월과 겪었던 체험을 떠올렸을 것이다. 그렇
게 찾아온 "마음의 무중력 지대"에서 마침내 시인은 온몸으
로 빛을 받으면서 "가장 나이고 싶은 모습"을 향해 걸어간
다. 시인이 노래한 '판타지아'는 결국 오래고도 가파른 길
위에서 펼쳐진 삶의 여백에서 가능했을 것이다. 이렇게 삶
의 가장 궁극적이고 근원적인 가치를 찾아온 궤적을 시인
은 자신의 시집 안으로 안착시킨다. 마치 "언제든 돌아갈 수

있다고 믿는 사이 멀어져 버린 시절"을 지나(「기억의 귀소성」) "무심(無心)의 발자국에 귀 기울인" 채 살아온(「카페 봄날의 곰」) 오랜 "시간의 발자국"처럼 말이다(「트램펄린」).

　　나무의 감정이 서로 다른 빛깔이다

　　단풍나무 아래 쏟아진 베르테르 붉은 슬픔
　　은행나무 아래 쌓인 고흐의 노란 비탄
　　대왕참나무가 벗어 놓은 황제의 갈색 곤룡포

　　돌풍에 쓸려 바닥을 구르며
　　색계(色界)에서 무색계(無色界)로
　　존재에서 무로 이동하는 중

　　한 계절 저 그늘에서 땀 식혔으므로 휘몰아치는 바람의 운구에 가슴 졸이다

　　색(色)을 지우고 허공으로 돌아간 나무
　　눈꺼풀 내리고 안으로 귀를 접고 까마득한 백지를 건너는 시간

　　돌고 도는 생몰의 궤도에서 남은 이들은 또 내일을 향해 움직이고
　　발랄한 햇살 쏟아지면 오늘은 오늘의 감정으로 색깔 피워

내는 일이 이 수다스런 언덕의 풍경

―「색채론」 전문

괴테는 그의 유명한 『색채론(Zur Farbenlehre)』에서 "사람들
은 헛되이 현상 너머에서 무엇을 찾는다. 하지만 사람들이
찾는 그 어떤 것은 현상 자체 속에 이미 있다."라면서 현상
에 대한 지각 작용의 중요성에 대해 말한 바 있다. 그는 근
대과학의 결정론적 사고와 종교의 신비주의적 사고를 모두
뛰어넘어 감각 현상에 대한 지각 작용의 경험적 가능성을
강조하였다. 그 가운데서도 '색채'가 가지는 감각적·정신적
치유력에 대해 사유의 진경(進境)을 보여 주었는데, '색채'가
가지는 지각 작용의 이러한 경험적 진정성을 우리는 신명
옥 시편에서 만나게 된다. 우리 시단에서 유사품을 발견하
기 어려운 이채로움으로 가득한 그의 시는 '색채'가 인간 감
정에 긴밀하게 작용하고 또한 직접적인 지각 경험의 대상
이 된다는 괴테의 사유에 긴밀하게 닿아 있다.

시인은 나무의 서로 다른 감정이 서로 다른 빛깔을 가져왔
다고 선언한다. 붉은 단풍나무와 노란 은행나무의 서로 다
른 빛깔이 누군가의 슬픔과 비탄을 각각 가져왔고, 이제 나
뭇잎들은 돌풍에 쓸려 하나둘씩 바닥을 구르며 "색계(色界)에
서 무색계(無色界)로" 사라져 간다. 시인은 "존재에서 무"로 이
동해 가는 "바람의 운구"를 가슴 졸이며 바라본다. 이제 "색
(色)을 지우고 허공으로 돌아간" 나무들은 사라짐의 아득함
으로 빠져드는 인간 삶을 은유하기 시작한다. 모두가 걸어

가는 "눈꺼풀 내리고 안으로 귀를 접고 까마득한 백지를 건너는 시간"이 그 은유의 내질(內質)일 것이다. "돌고 도는 생몰의 궤도"에서 날마다 "오늘의 감정으로 색깔 피워 내는 일"이 남은 자들의 풍경일 것이니까 말이다. 마치 "움직이지 않아도 사계를 건너는 나무처럼" 세상을 살아가면서(「정오의 햇살을 붙잡고 천변으로」) "빛의 세계를 찾아온 보랏빛 봉오리가 터지는 순간"을 맞으면서(「꽃의 임무는 피어 있는 것인가 씨앗을 남기는 것인가」) 우리는 "판판하고 아늑한 곳에 이를 것"이다(「고양이와의 대화」). 그렇게 신명옥의 '색채론'은 감정론으로 나아갔다가 궁극적으로는 인생론으로 번져 간다. "홀로 견디며 가는 순례의 길"이 거기에 출렁이고 있는 것이다(「두 마리 도마뱀의 순례」).

결국 시인은 이제까지 자신을 끌고 온 시간을 형상화함으로써 자신의 기원(origin)으로부터 '시'의 연금술로 나아가고 있다. 그 연금술의 매재(媒材)가 '판타지아'이고 '색채'일 것이다. 그리고 시인은 고집스럽게 사물의 존재 형식을 그 음악과 빛깔로 풀어 가면서 세상의 속도에 맞서고 있다. 아마도 근원에 대한 관심이 이러한 태도를 가능하게 했을 것이고, 궁극을 향한 집념이 인간 본래의 위의(威儀)랄까 존재 근거에 대한 성찰이랄까 하는 것을 가져오지 않았을까 생각해 본다. 이처럼 근원적인 것을 탈환해 가는 상상력은 서정시가 이미 오랫동안 쌓아 온 기율일 터인데, 그의 시는 이러한 것들을 복원하고 변용하는 일에 심혈을 기울이고 있다. 삶의 가장 근원적인 가치들에 대한 소환과 탐색을 이루어 가는 그의 시선과 필치가 아득하고 깊기만 하다.

4. 삶의 현재형을 지탱하고 이끌어 가는 원형의 몫

보편적으로 사람의 기억은 지나간 시간을 향하는 것이겠지만, 어쩌면 그것은 삶의 현재형을 지탱하고 이끌어 가는 원형의 몫으로 기능하기도 한다. 그래서 많은 이들의 기억은 살아온 날들에 대한 회상이자 앞으로 살아갈 날들의 힘으로 거듭나게 된다. 신명옥 시인은 이러한 기억의 힘을 빌려 자신의 정신을 새롭게 세워 가는 서정의 사제(司祭)이다. 자신의 시편을 구성하는 확연한 구심적 원리로 견결하고 역동적인 삶의 태도를 끌어오기 때문이다. 그리고 그 태도의 모본(模本)을 삶의 구체적 사례에서 찾아내어 정신의 전범(典範)을 추출하고 흠모하고 기록해 가는 모습을 보여 준다. 그의 시편이 절제와 균형의 미학을 벼리는 에너지에 의해 다채로운 미학적 변용을 이루어 가는 데에는 이러한 정신의 힘이 중요한 작용을 한다고 할 수 있다. 그 기둥이 되는 기율이 바로 구체적 삶에 대한 기억과 그 기억을 통한 삶의 원형적 흠모에 있었던 것이다.

서울 온 지 이십 년 넘은 방앗간 주인, 노란 개나리가 담을 두르고 피던 때에 문을 열었다, 낡은 유리문에는 수십 번 붙였다 떼어 낸 전단 자국이 겹겹이 남아 있다

우람한 팔로 고무 대야 속에 쌀을 붓는다, 두툼한 손으로 쌀 씻는 소리가 바닷가 몽돌 자갈 소리처럼 상쾌하다

갈수록 치솟는 월세를 내면서도 그가 받는 품값은 십 년 전
그대로다, 저울눈이 칼 같은 도시에서 여전히 두루뭉술한 시
골 삯을 받는다, 단골들은 멀리 이사 가도 찾아온다

그와 함께 살던 러시아 여자는 방앗간 뒤쪽 작은 방에서 미
래를 꿈꾸었다, 조기유학 열풍이 번지던 해 어린 아들 손잡고
러시아로 떠났다

밤마다 아들 사진 꺼내 보며 붉은 눈에 서리는 안개를 손등
으로 털어 낸다, 기러기 아빠라는 말이 한숨처럼 새어 나온다

시골 어매가 보낸 박스에서 말린 쑥을 꺼낸다, 일어설 때마
다 뻐근한 허리 두드리며 지금도 들판 가득한 푸른 기운을 뜯
고 있을

찰진 가래떡이 김을 뿜으며 찬물 속으로 쏟아진다, 나무 떡
살로 부귀와 수복을 비는 문양을 꾹꾹 찍는다, 조금씩 비뚤어
지는 문양은 삶이 늘 맘대로 되지 않는다는 묵시 같아

쑥떡을 찔 때마다 이 도시의 보도블록 틈에도 들판의 싱싱
한 기운이 스며들기를, 아이가 쑥쑥 자라서 돌아오기를, 재개
발 돌풍이 휩쓸고 간 후에도 흙냄새 나는 개나리떡집으로 건
재하기를

―「개나리방앗간」 전문

"개나리방앗간"은 단연 서사 지향적 표상을 거느리고 있다. 이 방앗간 주인은 서울 온 지 이십 년이 넘었고, 여느 방앗간의 운명처럼, "낡은 유리문"이나 "전단 자국"이라는 시간의 표지(標識)를 거느리고 있다. 그는 "바닷가 몽돌 자갈 소리"를 내면서 시원스레 쌀을 씻는다. "치솟는 월세"와 "십 년 전 그대로"의 품값이 불균형한 대로 그의 삶을 함축한다. "저울눈이 칼 같은 도시"와 "두루뭉술한 시골 삶"의 대립 항도 그 계열을 뒤따른다. 한때 함께 살던 러시아 여자는 어린 아들의 손을 잡고 러시아로 떠나 버렸다. 밤마다 "기러기 아빠"는 아들 사진을 꺼내 보며 눈물짓는다. 지금도 "들판 가득한 푸른 기운을 뜯고 있을" 시골 어머니가 보내 주신 쑥을 만지면서, '그'는 가래떡을 만들고 떡의 문양을 찍는다. "조금씩 비뚤어지는 문양은 삶이 늘 맘대로 되지 않는다는 묵시" 같다는 자각은 마치 "개나리방앗간"이 전해 주는 삶의 비밀처럼 들린다. '그'는 쑥떡을 찔 때마다 도시에도 "들판의 싱싱한 기운"이 스며들고, 아이가 쑥쑥 자라 돌아오기를 소망해 본다. 이 모든 것이 "흙냄새 나는 개나리떡집"을 건재하게 만들 것이기 때문이다. 그렇게 "개나리방앗간"은 우리의 아름답고 고단한 삶을 고스란히 비유적으로 담고 있다. "잠시 기댈 수 있는 목침"처럼 존재하는(「항해자의 고백」) "침묵의 수호자"인 것이다(「향나무 옹이 속 제3의 눈」). 그 안에서는 우리는 "돋보기로 어둠 속을 읽는 예언자"를 만나고(「초승달 위를 걷다」) 우리가 "넘어야 할 말의 봉우리들"을 발견하게 될 것이다(「솔직해져도 될까요?」).

이처럼 신명옥 시인은 구체적 경험의 뿌리를 가진 이미지를 통해 자신의 시편을 여느 풍경 시편과 현저하게 구별해 간다. 서정시가 지녀 온 가장 중요한 원천이 불모와 폐허의 현실을 견디는 힘에서 발원한다는 점에서, 그의 시는 이제는 사라져 가는 어떤 성스러운 힘에 대한 추인 과정으로 점철되어 있다는 장점을 지닌다. 있어야 할 것의 결핍, 한때 분명하게 존재했던 것들의 부재, 이러한 결여 형식에 대한 원형적 반응이 그의 시에 나타나는 강렬한 그리움의 힘일 것이다. 그 점에서 신명옥 시인은 시집 곳곳에서 근원을 향한 그리움의 파동을 채집하고 표현하면서 자신을 그 안으로 결속해 가고 있다. 그때 우리는 "기다리던 말을 만날 때 솟구치는 황홀한 불꽃"을 느끼게 된다(「바람의 지느러미가 살랑거린다」). 그리고 그 그리움은 삶의 현재형을 지탱하는 원형의 몫으로 그의 시편을 한동안 이끌어 갈 것이다.

5. 이 폐허와 절멸의 시대를 산뜻하게 건너가기를

우리는 신명옥의 시를 통해 그동안 대립적으로 인식되어 온 여러 개념이나 생각들이 재구성되는 과정을 경험하게 된다. 그래서 우리는 선형적 도식이 소멸하면서 다양한 수평적 타자들이 어울려 웅성거리는 소리를 그 안에서 듣게 된다. 그의 시가 삶과 죽음, 빛과 어둠, 생성과 소멸, 진화와 퇴화 같은 것들이 분절적 개념이 아니라 한 몸으로 묶여 있는 양면적 운동임을 알게 해 주기 때문이다. 또한 우리는 그의 시 안에서 삶이라는 것이 단선적 사건들로 전개되는 것이 아니라 많은 것들이 복합적으로 얽힌 채 흘러가는 것이고, 서정시가 자기 충실성을 벗어나 타자들의 구체적 삶에 대한 관심으로까지 확장되는 것임을 경험하게 된다.

결국 그의 시는 자연과 인간이 공존하는 시간에 대한 그리움을 아름다운 형상으로 보여 주면서, 그것을 가장 완결성 있고 개성적인 형식으로 담아낸 세계였다고 할 수 있다. 이제 우리는 각별한 존재론적 깨달음을 통해 인간 존재의 기원과 궁극으로서의 서정을 선명하게 보여 준 이번 시집을 그가 딛고 넘으면서, 더욱 새로운 존재론으로 나아가게 되기를 바라마지 않는다. 오랜 시간의 흔적을 순간의 함축 속에서 발화함으로써 이 폐허와 절멸의 시대를 산뜻하게 건너가기를, 깊은 감동과 깨달음을 노래한 이번 시집이 많은 독자들로부터 사랑받기를 온 마음으로 기원해 보는 것이다.